Estelle Vidard •

LA VÉRITABLE HiSTOiRE

de Jules

jeune tambour

de l'armée de

Napoléon

bayard poche

© Bayard Éditions, 2013
18 rue Barbès, 92120 Montrouge
ISBN : 978-2-7470-4411-0
Dépôt légal : janvier 2013

CHAPiTRE 1

LE GRAND DÉPART

Juillet 1805. Alors que Jules et sa grande sœur Eugénie rentrent chez leur oncle, un attroupement attire leur attention. Curieux, les enfants s'approchent et découvrent une affiche d'apparence banale. Mais à mesure qu'ils la lisent, Eugénie pâlit, tandis que le visage de Jules s'illumine. Une fois à l'écart, il sautille autour de sa sœur en criant :

–C'est extraordinaire, je vais m'y présenter !

–À la conscription ? demande Eugénie. Tu plaisantes ?

–Pas du tout ! Des soldats de Napoléon vont être recrutés dans notre village : c'est la chance de ma vie ! s'emballe Jules.

–Au cas où tu aurais oublié, tu n'as que 12 ans. Tu es trop jeune pour être un soldat de Napoléon ! Même les tambours de la Grande Armée ont au moins 14 ans…, dit sa sœur en ébouriffant les cheveux bouclés de son jeune frère.

Jules a horreur de ça ! Il se dégage et annonce :

–Je sais, mais je vais quand même tenter ma chance…

–Tu veux finir comme notre père, c'est ça ? lance la jeune fille.

Cette remarque fait à Jules l'effet d'un coup de poing. Car Eugénie et Jules ont perdu leurs parents, il y a deux ans. Leur père, soldat dans l'armée napoléonienne, a péri lors d'une bataille. Six mois plus tard, leur mère mourait de chagrin. Depuis, Eugénie est en colère et répète :

–Napoléon a promis à notre père un destin glorieux, et voilà le résultat !

Jules aussi souffre de la disparition de ses parents. Mais, à ses yeux, Napoléon et son père sont des héros. C'est son père qui lui a appris tout ce qu'il sait sur l'Empereur, et transmis sa fascination pour ce grand conquérant. La gorge serrée, Jules répond :

— Je ne veux pas « finir » comme notre père. Je veux marcher sur ses traces et lui faire honneur !

suite page 7

DE NAPOLEONE BUONAPARTE À NAPOLÉON 1ER

Une enfance corse

Napoleone Buonaparte naît en Corse, en 1769, dans une famille assez modeste de douze enfants. Dès l'âge de 9 ans, il quitte l'île pour faire ses études dans une école militaire, sur le continent. Il y apprend à lire, écrire, compter, mais aussi à manier les armes.

Premiers « exploits »

En 1789, la France fait la Révolution. En 1793, Napoléon devient général de la République, à 24 ans seulement. Le gouvernement français lui donne pour mission de reprendre le port de Toulon aux Anglais. Napoléon se révèle être un très bon chef militaire et un fin stratège. Le port de Toulon est libéré.

L'expédition d'Égypte

Les succès militaires de Napoléon « dérangent » le gouvernement français. En mai 1798, pour l'éloigner, on lui confie une expédition en Égypte, destinée à barrer la route des Indes aux Anglais. Cette expédition est une défaite militaire, mais c'est un succès scientifique : la connaissance de l'Égypte fait un grand bond en avant.

Premier consul

De retour en France, Napoléon complote pour s'emparer du pouvoir. C'est chose faite le 18 brumaire (9 novembre 1799) : il devient Premier consul. Il contrôle l'armée, la justice, l'administration. Il rétablit l'ordre et la paix en France, ce qui le rend très populaire.

Sacré empereur

Le 2 décembre 1804, à Paris, Napoléon se fait sacrer empereur à la cathédrale Notre-Dame de Paris. En choisissant de devenir empereur, comme Charlemagne ou Jules César, il confirme la fin du régime des rois de France. Il devient Napoléon 1er.

Leur oncle étant un partisan de Napoléon, il ne fait aucune difficulté quand Jules lui annonce qu'il va se présenter à la conscription. Le jour venu, le garçon se retrouve parmi cinquante jeunes hommes. La plupart sont là parce qu'ils y sont obligés. On leur distribue à chacun un numéro : Jules reçoit le 38. Il glisse à son voisin :

– Ce que je suis excité, pas toi ?

Mais le jeune homme a plutôt l'air terrifié à l'idée de partir pour l'armée. Jules tente de le rassurer :

– Nous sommes au moins cinquante et ils ne tirent au sort que trente numéros…

Justement, le tirage au sort commence. Jules prie le ciel pour que son numéro sorte mais, bientôt, il ne reste plus qu'un papier à tirer.

– 37, annonce alors le recruteur.

« Zut ! pense Jules, à un près… »

Son voisin, lui, est prêt à s'évanouir. C'est lui, le numéro 37 !

– 37 ! répète le recruteur, agacé.

Sans réfléchir, Jules arrache le papier des mains de son voisin et s'écrie :

– Je suis là !

– Dépêchez-vous !

Jules vient de passer la première étape du recrutement ! Mais rien n'est encore gagné…

– Âge ? demande le recruteur.

– 14 ans, ment Jules.

Une chance qu'il ait l'air plus vieux que son âge ! Le recruteur lui fait signe de se placer sous la toise :

– 1,54 m. Pour la taille, c'est bon…

En réalité, Jules mesure 1,52 m, mais il a caché un jeu de cartes dans ses chaussures !

– … mais tu es trop jeune pour être soldat, poursuit le recruteur.

– Je vous en supplie, monsieur : servir l'Empereur est mon vœu le plus cher.

– Ce n'est pas un jeu, petit. Tu vas partir à la guerre…

– Je le sais. Et je serai un soldat dévoué et fidèle.

Surpris par cette détermination, le recruteur réfléchit et conclut :

– Ma foi, on a besoin d'hommes motivés : tu seras donc tambour.

Jules n'en croit pas ses oreilles !

Pourtant, seulement cinq jours plus tard, c'est le grand départ. Rassemblés devant la mairie, les conscrits disent au revoir à leur famille. Jules est triste à l'idée de quitter sa sœur. Pour cacher son angoisse, Eugénie se force à sourire et murmure :

– Tu reviens entier, hein ?

– Promis ! répond-il. Eugénie ébouriffe alors les cheveux de son frère qui, pour une fois, ne proteste pas.

– Allez, file, conclut leur oncle. Ton père serait fier de toi !

Ce compliment met du baume au cœur de Jules, au moment de rejoindre ses camarades.

CHAPiTRE 2

PAS FACiLE D'ÊTRE SOLDAT

La caserne se situe à Boulogne, à deux heures de marche. C'est là que la Grande Armée a pris ses quartiers. À peine entré, Jules reçoit un uniforme vieux et râpé. Mais il est ravi de porter les couleurs de la Grande Armée. Un soldat désigne un homme à l'air sympathique :

–Voici Lucien, le tambour-maître. C'est avec lui que tu dormiras.

Jules est intimidé mais cela ne dure qu'un instant, car Lucien lance :

– Bienvenue, petit !

Et il frappe d'une tape amicale le dos du jeune tambour. Sa jovialité plaît immédiatement à Jules.

Les semaines suivantes, le garçon apprend à se mettre au garde-à-vous, à marcher au pas… Rapidement, il reçoit sa caisse* et ses baguettes. Il est très ému : le rôle des tambours est important, car ce sont leurs roulements qui transmettent les ordres aux soldats.

Nom donné à un tambour.

– Ça y est, gamin, tu es des nôtres ! le félicite Lucien.

Un jour d'août, l'Empereur en personne vient rendre visite à ses troupes. Jules ne peut l'approcher, mais il est fasciné par son discours.

– Soldats, commence Napoléon, j'ai besoin de vous. Nous devons vaincre l'Angleterre, notre ennemi juré. Demain, nous partirons donc en campagne vers l'est, et nous vaincrons ses alliés, les Autrichiens et les Russes. Soyez prêts, messieurs : la victoire dépend de vous !

– Hourra ! crie Jules, suivi de nombreux autres soldats.

suite page 15

LA VIE QUOTIDIENNE DES SOLDATS

Un kilomètre à pied, ça use, ça use

Quand ils partent à la guerre, les soldats se déplacent à pied. Toutes les heures, une pause leur permet de se décharger des 30 kilos qu'ils portent sur le dos. En France, les soldats reçoivent un billet de logement : les villageois doivent les héberger, en échange de ce billet.

Le bivouac

Mais la plupart du temps, les soldats bivouaquent : ils se reposent dans un campement provisoire, en plein air. Autour d'un feu de camp, ils fument la pipe, lisent les bulletins de la Grande Armée, dictés par l'Empereur. Ils montent la garde à tour de rôle.

À la guerre comme à la guerre

Les soldats savent tout faire : raccommoder un uniforme, réparer un fusil, rafistoler des chaussures… Pendant la guerre, les réserves de nourriture s'épuisent vite et les soldats ont toujours faim. Ils volent du bétail dans les fermes et coupent du blé dans les champs pour manger.

Le sort des blessés

On donne les premiers secours aux blessés sur le champ de bataille. Les chirurgiens opèrent sur des tables dressées sur des charrettes. Ils coupent un bras ou une jambe sans endormir le blessé. Faute d'anesthésiant, ils placent une pipe entre les dents du blessé pour qu'il ne crie pas. Si le soldat meurt, la pipe tombe et se casse. D'où l'expression « casser sa pipe ».

Des femmes avec l'armée

À l'arrière des combats, des femmes partagent la vie des soldats. Les vivandières vendent des vivres et des objets : eau-de-vie, tabac, sucre, papier à lettres, lacets, boutons. Les blanchisseuses sont chargées de nettoyer les chemises, caleçons, guêtres des soldats.

La nuit, dans le dortoir, nombreux sont ceux qui ne parviennent pas à fermer l'œil. Jules et Lucien en font partie. Lucien lui chuchote :

– Tu sais, petit, la campagne ne va pas être une partie de plaisir. Et il ne faudra faire confiance à personne.

– Pourquoi ? demande le jeune tambour à Lucien.

– Nos ennemis vont sûrement chercher à nous désorganiser de l'intérieur.

Jules est abasourdi :

– Ah bon ? Je pourrai rester avec toi, pour ne pas prendre de risque ?

– J'y compte bien !

Dans l'obscurité, Jules sourit et sait que son protecteur aussi… Au petit matin, la Grande Armée se met en marche en direction de l'Autriche. La colonne de soldats s'étend sur plusieurs kilomètres. Devant lui, Jules ne voit que les porte-drapeaux, mais il sait que, plus loin, il y a les soldats de la garde impériale, les maréchaux, les généraux et, en tête, Napoléon. Derrière viennent les fantassins, les artilleurs, les cavaliers et des centaines de chariots.

– Combien sommes-nous ? interroge-t-il Lucien.

suite page 18

LA GRANDE ARMÉE

**Napoléon fait de son armée l'une des meilleures du monde.
Ses soldats sont courageux, tenaces et fidèles.**

11. Des centaines de chariots suivent les soldats : magasins ambulants, charrettes de paille, ambulances…

10. La cavalerie lourde ébranle les rangs ennemis ; la cavalerie légère poursuit l'ennemi vaincu.

7. Les artilleurs s'occupent des voitures transportant les canons et les boulets.

4. Les porte-drapeaux tiennent le drapeau brodé d'un aigle doré, l'emblème de Napoléon.

3. La garde impériale est la garde personnelle de Napoléon.

9. Des médecins
suivent la troupe.

8. Des soldats alliés : ils sont danois, suisses…
On les reconnaît à leurs uniformes différents.

6. Les fantassins, soldats à pied, sont en première ligne lors des
combats. Comme uniforme, ils portent une tunique bleue. Leur «havresac» contient des cartouches, des vêtements, une paire de bottes…

5. Les tambours sont
placés sous les ordres d'un chef de musique.

2. Les maréchaux et les généraux
aident et conseillent l'Empereur.

1. L'Empereur, à cheval,
avance en tête.

– Pas loin de 200 000…

– 200 000 ! répète Jules.

Soudain, il se sent tout petit.

– Assez rêvassé, se moque Lucien. Presse le pas, nous avons dix lieues* à parcourir !

Grâce à une cadence soutenue, la Grande Armée franchit le Rhin dès la fin du mois de septembre. Qu'il pleuve ou qu'il vente, Napoléon impose à ses soldats une marche rapide. Les seuls moments de répit sont les veillées du soir, autour du feu.

Une lieue = environ quatre kilomètres.

En prévision, les soldats achètent du tabac et de l'eau-de-vie aux vivandières qui suivent la troupe. Jules accompagne Lucien lorsqu'il va chercher son tabac. C'est à cette occasion qu'ils font la connaissance de la mère Eugénie, une jeune femme charpentée et à la voix forte.

– Je voudrais du tabac, s'il vous plait, demande Lucien.

– Comme t'es poli ! J'ai aussi de l'eau-de-vie : un gaillard comme toi a besoin de forces !

– Je ne bois pas d'alcool, décline Lucien.

– Ah ? C'est ton fils, ce petit ?

– Non, mais c'est tout comme.

–Je m'appelle Jules, se présente timidement le garçon.

–Et moi, je suis la mère Eugénie…

–Eugénie, bredouille Jules, c'est le prénom de ma sœur.

–T'es mignon, gamin !

Puis elle fouille dans son tablier et ajoute :

–Tiens, voilà du sucre pour te donner du courage.

–Merci, Eugénie.

–Allez, dis au revoir à la dame, ordonne Lucien.

–Filez, mais faudra revenir me voir ! lance la vivandière.

–D'accord ! promet Jules en s'éloignant.

CHAPiTRE 3

MENACE SUR LA TROUPE

Le soir du 20 octobre, les soldats savourent un moment dc répit bien mérité : aujourd'hui, ils ont remporté une belle victoire contre les Austro-Russes, à Ulm. Autour du feu, Lucien fume la pipe, certains boivent un peu d'alcool, d'autres racontent des histoires que Jules ne se lasse pas d'écouter…

Mais la détente est de courte durée car, bientôt,

ils apprennent que la flotte française a subi une défaite à Trafalgar, face aux Anglais. C'est vraiment une mauvaise nouvelle pour les soldats.

Au réveil, un second coup dur les attend : plusieurs d'entre eux se tordent de douleur. On suspecte une indigestion due aux poulets du dîner. Malgré tout, la troupe repart, les malades soutenus par leurs compagnons. Quelques heures plus tard, les tambours sonnent la halte. Les hommes vont pouvoir se reposer un peu. Lucien et Jules en profitent pour aller acheter du tabac.

–Alors, quoi de neuf, mon chaton ? demande Eugénie à Jules d'une voix plus douce qu'à l'habitude.

–Plusieurs hommes sont malades, sûrement à cause du dîner d'hier.

–Ah bon ? C'est ennuyeux, compatit la vivandière. En tout cas, je suis contente que vous deux ne soyez pas malades !

–C'est gentil, la remercie Lucien. Allez, faut qu'on y retourne, gamin ! dit-il à Jules en tentant de lui donner une tape dans le dos.

Mais cette fois, Jules esquive : c'est devenu un jeu entre

eux. Les hommes repartent d'un bon pas, sous une pluie battante. Le soir venu, ils installent leur bivouac* en pleine campagne pour passer la nuit. Le lendemain, c'est la catastrophe : une vingtaine d'hommes sont maintenant malades. Parmi eux, il y a Lucien. Pourtant, c'est l'un des plus costauds de la troupe. Jules commence à penser qu'il se passe quelque chose d'anormal, quand Lucien l'appelle d'une voix faible :

– Approche ! Il y a un traître parmi nous, gamin. Trouve-le, pour moi et pour l'Empereur.

* Campement.

suite page 26

TRAFALGAR : UNE DÉFAITE DE NAPOLÉON

Le 21 octobre 1805, la flotte de Napoléon, alliée à l'Espagne, fait face aux Anglais à Trafalgar, au sud de l'Espagne. Les navires des deux camps se livrent un combat sans merci…

1. Le *Redoutable* est le navire de tête franco-espagnol, commandé par l'amiral Villeneuve : 60 mètres de long, 74 canons et 700 hommes. La flotte de Napoléon, composée de 33 navires, se place en ligne.

2. Le *Victory,* navire anglais, est commandé par l'amiral Nelson : 60 mètres de long, 800 hommes. La flotte anglaise compte 27 navires. Elle forme deux colonnes perpendiculaires aux bateaux français, pour les isoler et les détruire l'un après l'autre.

3. La hune :
De cette plate-forme, les soldats tirent au fusil avec une meilleure visibilité.

4. Les voiles sont
en chanvre, un matériau très solide, mais qui ne résiste pas aux boulets de canon.

5. Les canons
visent la coque et les mâts du bateau ennemi. En tombant, les mâts endommagent le pont du navire.

Bilan :
• La flotte anglaise ne perd aucun navire. Mais l'amiral Nelson meurt au combat, atteint par une balle.

• La flotte franco-espagnole perd 17 navires. C'est une lourde défaite pour Napoléon.

Jules est à la fois excité et paniqué : il a aujourd'hui la possibilité d'être utile à l'Empereur. C'est décidé, il va mener l'enquête ! Ses soupçons se portent d'abord sur le soldat Albert. « C'est lui qui distribue chaque jour la nourriture aux autres soldats, réfléchit-il. Il lui serait facile de l'empoisonner ! » Pour en avoir le cœur net, Jules se débrouille pour être de corvée de cuisine. Il ne quitte pas Albert des yeux pendant qu'il prépare la soupe, mais ne remarque rien. Il décide donc de feinter :

– Ça manque de sel…, dit-il en faisant mine de prélever une louche de soupe dans la marmite.

– Ça m'étonnerait ! proteste Albert. Laisse-moi goûter, ajoute-t-il en avalant une bonne lampée de soupe. Tu n'as aucun goût, petit, c'est bien assaisonné.

L'espion des Anglais n'est donc pas Albert : s'il avait empoisonné la soupe, il ne l'aurait pas goûtée ! Mais Jules n'a pas dit son dernier mot : il se lance aussitôt sur une nouvelle piste. Il suspecte maintenant le soldat Félicien, qui prétend être somnambule*. Lorsque l'homme se lève, en pleine nuit, Jules le suit discrètement. Bras tendus devant lui, Félicien marche, les yeux fermés.

* Personne qui marche pendant son sommeil.

suite page 28

LES PRINCIPAUX ENNEMIS DE NAPOLÉON

Les royalistes

En 1795, Napoléon se bat contre les royalistes, les partisans du roi, qui veulent reprendre le pouvoir. Il parvient à sauver le gouvernement en place. En décembre 1800, deux royalistes, Pichegru et Cadoudal, font exploser une bombe sur le passage de sa calèche : Napoléon échappe de peu à cet attentat.

Les Anglais

Pour Napoléon, les Anglais sont dangereux parce qu'ils possèdent de nombreuses colonies et contrôlent une grande partie du commerce mondial. Les Britanniques, eux, refusent que Napoléon domine l'Europe. Ils s'allient à d'autres pays pour lutter contre la France : l'Autriche, la Russie et la Prusse. L'amiral Nelson, vainqueur de Napoléon à Aboukir et Trafalgar, et le duc de Wellington, vainqueur à Waterloo, sont les ennemis jurés de l'Empereur.

Les Autrichiens

Le Saint Empire romain germanique est dirigé par François II de Habsbourg. Dès l'arrivée de Napoléon au pouvoir, ils deviennent ennemis. Napoléon se heurte aussi à l'officier Neipperg, l'amant de Marie-Louise (lire page 42).

Les Russes

Les Russes, dirigés par le tsar Alexandre 1er, donnent du fil à retordre à Napoléon. En particulier leur chef de guerre, Koutousov, et le gouverneur de Moscou, Rostopchine, qui n'hésite pas à faire incendier sa ville pour empêcher l'Empereur de s'en emparer au cours de la campagne de Russie (lire page 33).

Les Prussiens

Excepté l'Angleterre, l'ennemi le plus acharné et le plus haineux de Napoléon est la Prusse et son maréchal Blücher. Il s'incline trois fois face à l'Empereur (en 1813, 1814 et 1815), avant de contribuer à la victoire anglaise de Waterloo.

« Je parie qu'il va rejoindre ses chefs pour faire son rapport », pense Jules. Mais lorsque Félicien trébuche et se met à ronfler là où il est tombé, le jeune tambour comprend qu'il a encore fait fausse route…

O

CHAPiTRE 4

LA RENCONTRE

Au petit matin, Jules doit se rendre à l'évidence : son enquête n'avance pas. Pourtant, il y a urgence, car le nombre de victimes augmente et le bruit court qu'une bataille va bientôt avoir lieu… Une question trotte dans la tête du garçon : pourquoi n'est-il pas malade, lui ? Jules voudrait en parler à quelqu'un mais Lucien lui a dit : « Ne fais confiance à personne. »

Et s'il se confiait à la mère Eugénie ? Elle serait sûrement de bon conseil. Il se précipite donc à sa rencontre. La vivandière est en train de chercher dans son chariot des lacets pour un soldat, quand elle aperçoit le tambour :

– Ça n'va pas, mon petit ? lance-t-elle.

Jules chuchote :

– Un espion s'est introduit parmi nous et nous empoisonne.

Eugénie pâlit. Le garçon ajoute :

– Je cherche à le démasquer. Et je me demande pourquoi tout le monde tombe malade, sauf moi !

Eugénie réfléchit un instant et dit :

– Si ce n'est pas la nourriture, c'est peut-être la boisson. L'espion doit empoisonner l'eau-de-vie de tes camarades. Et comme tu ne bois pas, tu n'es pas malade.

– Comment n'y ai-je pas pensé ? Merci mille fois ! lance Jules.

Il suspecte alors le soldat Louis qui partage toujours son eau-de-vie avec ses compagnons. C'est lui, l'espion ! Pendant la veillée, Jules surveille les gestes de Louis. Lorsqu'il tend sa bouteille à un autre soldat, Jules bondit. Mais soudain, Louis s'affale, secoué de tremblements. « Lui aussi est malade », se dit Jules qui est de retour à la case départ. À moins que… Le garçon a soudain une idée : et si c'était une vivandière qui vendait de l'eau-de-vie empoisonnée ? Mais Jules s'endort avec la sensation que quelque chose lui a échappé. En pleine nuit, il se réveille en sursaut et s'écrie :

– Lucien ne boit pas d'alcool ! Il n'aurait pas dû tomber malade…

suite page 34

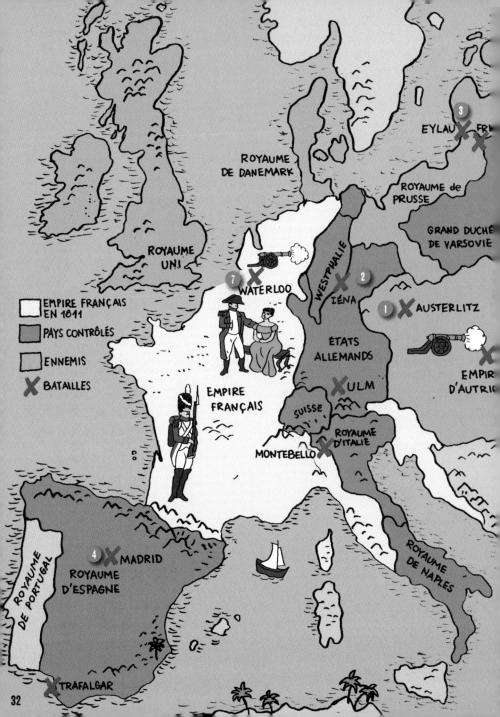

ROYAUME
DE DANEMARK

EYLAU ✗ ✗ FRI ❸

ROYAUME de
PRUSSE

GRAND DUCHÉ
DE VARSOVIE

ROYAUME
UNI

❼ ✗
WATERLOO

WESTPHALIE

✗ ❷
IÉNA

✗ AUSTERLITZ ❶

EMPIRE FRANÇAIS
EN 1811

PAYS CONTRÔLÉS

ENNEMIS

✗ BATAILLES

EMPIRE
FRANÇAIS

ÉTATS
ALLEMANDS

✗ ULM

✗

EMPIR
D'AUTRIC

SUISSE

MONTEBELLO ✗

ROYAUME
D'ITALIE

❹ ✗ MADRID

ROYAUME
D'ESPAGNE

ROYAUME
DE
PORTUGAL

ROYAUME
DE NAPLES

✗ TRAFALGAR

32

MOSCOU

Bérézina

EMPIRE
DE RUSSIE

EMPIRE   OTTOMAN

LES GRANDES BATAILLES DE NAPOLÉON

Voici l'empire de Napoléon à son apogée. Localise sur cette carte les batailles livrées par l'Empereur.

1. Austerlitz. Le 2 décembre 1805, un an après son sacre, Napoléon remporte cette bataille contre les troupes alliées de l'empereur d'Autriche et du tsar de Russie.

2. Iéna. Le 14 octobre 1806, Napoléon écrase l'armée prussienne. La Grande Armée entre victorieuse à Berlin, la capitale du royaume de Prusse.

3. Eylau. Le 8 février 1807, l'armée française affronte l'armée russe dans les plaines enneigées. La victoire est attribuée à Napoléon. Mais il y a 40 000 morts, une horrible boucherie.

4. Madrid. Le 2 mai 1808, la population de Madrid se soulève contre l'occupant français. La répression qui suit est terrible. Les Espagnols résistent et cette guerre ébranle le pouvoir de Napoléon.

5. Wagram. Les 5 et 6 juillet 1809, l'armée autrichienne est battue. Cette bataille difficile et meurtrière est la dernière grande victoire de Napoléon.

6. Moscou. En 1812, Napoléon envahit la Russie. Les soldats français sont affamés et ne sont pas équipés pour des températures de -30 °C. L'armée française bat en retraite. 400 000 hommes perdent la vie.

7. Waterloo. Le 18 juin 1815, près de Waterloo, un village de Belgique, l'armée française perd une dernière grande bataille contre les Anglais et les Prussiens.

Soudain, toutes les pièces du puzzle se mettent en place dans sa tête.

– C'est le tabac ! Je suis le seul à ne pas fumer !

Or Lucien ne fume que le tabac de la mère Eugénie… Jules doit se rendre à l'évidence : la vivandière si gentille avec lui est une empoisonneuse ! Le garçon est abattu.

Pourtant il doit se ressaisir s'il veut que les soldats de l'Empereur soient sur pied pour la bataille : il faut qu'il arrête le manège d'Eugénie. Le lendemain, Jules va voir la vivandière et lui réclame du tabac.

– Lucien est toujours trop faible pour venir l'acheter ? demande-t-elle.

– Ce n'est pas pour Lucien, répond Jules. C'est pour moi : j'ai besoin d'un remontant.

– Pas question ! Tu es trop jeune, et c'est mauvais pour ta santé.

– Je vais tomber malade ou mourir sur le champ de bataille, alors…

La vivandière semble peinée de voir Jules si déprimé. Elle tente de le mettre en garde :

– C'est ce tabac qui va te rendre malade !

suite page 36

LES BASES D'UNE FRANCE MODERNE

La justice et l'administration

Napoléon pose les bases de la France moderne. Il fait rédiger le Code civil, qui rend tous les citoyens égaux devant la loi. Il crée le Conseil d'État, chargé de rédiger les projets de loi. Il met en place une administration efficace avec des préfets et des sous-préfets.

La finance

C'est avec Napoléon que naît la Banque de France, la banque centrale française. On lui doit aussi la création d'une nouvelle monnaie appelée franc germinal, qui reste la monnaie de la France pendant plus de cent ans.

La culture

Napoléon crée les lycées et le baccalauréat. Il institue la Légion d'honneur, qui récompense les personnes méritantes. Il fait du Louvre le plus grand musée du monde, pour y exposer, entre autres, les trésors rapportés de ses campagnes militaires en Égypte ou en Italie.

L'urbanisme

Napoléon modernise en premier lieu Paris. Il y améliore l'alimentation en eau grâce à des fontaines et à un canal. Il instaure les caniveaux, les égouts, l'éclairage public à l'huile et le système de numérotation des maisons. Les abords de la Seine sont aménagés grâce à des quais et de nouveaux ponts. Ailleurs en France, il fait aménager des canaux, des routes et des ports grâce auxquels l'industrie française se développe.

Paris

Napoléon veut faire de Paris la plus belle capitale du monde. Il y fait construire des monuments comme la colonne Vendôme, l'Arc de triomphe ou l'église de la Madeleine. Ses réalisations évoquent souvent ses exploits militaires, comme le passage du Caire (qui rappelle la campagne d'Égypte) ou la rue de Rivoli (en souvenir de sa victoire dans la ville italienne du même nom)…

– Que veux-tu dire ?

– Tu m'as comprise, Jules. Mieux vaut ne pas te mêler de ça…

– J'avais raison ! explose le garçon. Tu empoisonnes mes compagnons, et tu voudrais que je ne m'en mêle pas ?

– Toutes ces histoires te dépassent, je t'assure…

– Elles le dépassent peut-être, mais pas moi ! tonne une voix derrière eux.

La femme sursaute, Jules aussi. Il avait fait part de ses soupçons à ses chefs qui devaient surgir au moment opportun, mais il était loin d'imaginer que Napoléon en personne interviendrait ! Tandis que des soldats emmènent la vivandière, l'Empereur s'approche de Jules :

– Mon garçon, je suis fier de toi. C'est grâce à des hommes fidèles et courageux comme toi que nous vaincrons !

Jules croit rêver : son héros se tient devant lui et le félicite !

CHAPiTRE 5

UNE ViCTOiRE AU GOÛT AMER

Le soir même, les malades vont déjà mieux. Cela tombe bien, car Napoléon partage le dîner des soldats. Et il y a double ration pour tous ! Les hommes savent ce que cela signifie : le combat est proche. L'Empereur leur dit :

— Soldats, demain nous attaquerons. Et demain, l'ennemi sera vaincu !

Des hourras accueillent ses propos.

Une nouvelle fois, Jules ne ferme pas l'œil de la nuit.

Le lendemain, à l'aube, les soldats sont sur le pied de guerre. Ils profitent du brouillard pour prendre position, tout près d'Austerlitz. Bien que Lucien la connaisse déjà, Jules ne peut s'empêcher de lui répéter la tactique que Napoléon leur a révélée la veille :

– Nous allons faire croire aux soldats autrichiens et russes que l'aile droite de notre armée est affaiblie. Comme ça, ils vont concentrer leur attaque dessus et descendre dans la plaine. Pendant ce temps, nous

partirons à l'assaut du plateau de Pratzen et, de là, nous les repousserons !

Et c'est exactement ce qui se passe. Jules et les autres tambours battent la charge : les soldats avancent en rythme et le combat s'engage. Jules est excité et terrifié : des coups de fusil retentissent de tous côtés, des boulets de canon s'abattent dans la plaine et les soldats se battent corps à corps. Il met tout son cœur à frapper sur sa caisse, pour donner du courage à ses compagnons. Mais soudain, une vive douleur au ventre le fait tomber à genoux. Il vient d'être transpercé par une baïonnette*.

* Lame pointue fixée au bout du canon d'un fusil.

Gémissant, il rassemble pourtant ses forces pour entonner :

– On va leur percer le flanc, ran-tan-plan-tire-lire. On va leur percer le flanc, que nous allons rire !

Son chant est aussitôt repris par un, deux, dix soldats. Bientôt, il résonne dans toute la plaine. Heureux, Jules s'évanouit.

À son réveil, le jeune tambour se demande où il est. Il ouvre les yeux et entend :

– Il est réveillé, c'est un miracle !

Jules sourit.

Cette voix, il la connaît bien : c'est celle de sa grande sœur...

Après quelques semaines de repos, le garçon commence à se rétablir. Et, déjà, il attend avec impatience le moment où il rejoindra Lucien et sa troupe. Mais le médecin lui annonce qu'à cause de sa blessure il ne pourra plus faire partie de la Grande Armée.

Eugénie est soulagée : elle a failli perdre son frère, et continue de penser que Napoléon est prêt à sacrifier

suite page 43

NAPOLÉON ET SA FAMiLLE

L'esprit de famille

Traditionnellement, en Corse, la famille forme un clan. Une fois au pouvoir, Napoléon place donc les siens, en particulier ses frères, à la tête des pays qu'il a conquis : Joseph sur le trône de Naples puis d'Espagne, Lucien au ministère de l'Intérieur français, Louis sur le trône de Hollande, Jérôme sur celui de Westphalie (constitué d'anciens territoires prussiens)…

Joséphine

Joséphine de Beauharnais est originaire de la Martinique. Quand elle épouse Napoléon, en mars 1796, elle est veuve d'un premier mariage et a déjà deux enfants. Très amoureux, Napoléon et Joséphine se marient contre l'avis de leurs familles.

Marie-Louise

Malheureusement, Joséphine ne peut plus avoir d'enfant. Or Napoléon tient à avoir un héritier. Il divorce donc en 1809. Il épouse ensuite Marie-Louise de Habsbourg, 18 ans, fille de l'empereur d'Autriche, en avril 1810.

L'Aiglon

Le fils de Napoléon s'appelle Napoléon François Charles Joseph. Il naît le 20 mars 1811. À Paris, 22 coups de canon retentissent pour annoncer au peuple qu'il s'agit d'un garçon. L'enfant reçoit le titre de roi de Rome et est surnommé l'Aiglon (l'Empereur est appelé l'Aigle). Après la chute de l'Empire, il suit sa mère en Autriche. Il meurt jeune, à 21 ans.

La fin de l'Empereur

Après la défaite de Waterloo, Napoléon est exilé à Sainte-Hélène, une île perdue dans l'océan Atlantique. Il y est gardé par les Anglais, jusqu'à sa mort, en 1821. Aujourd'hui, Napoléon fait débat, car c'était à la fois un grand conquérant et un grand réformateur, mais aussi un chef autoritaire dont l'ambition a fait de nombreux morts.

trop de vies pour servir son ambition. Mais Jules, lui, a beaucoup de mal à digérer la nouvelle. Pour le réconforter, sa sœur lui tend une lettre. Jules s'empresse de l'ouvrir.

– S'il te plaît, lis tout haut ! réclame Eugénie.

– D'accord…, accepte Jules.

« Cher gamin, tu m'as fait une sale blague en tombant sur le champ de bataille. Si tu étais mort, je t'aurais botté les fesses ! »

Dès ces premiers mots, Jules reconnaît l'humour et la gentillesse de Lucien. Il rit et poursuit : « C'est bête, la bataille s'est terminée peu après ton accident. Tu as manqué de peu la victoire ! Du coup, je vais te relater le discours de Napoléon pour nous féliciter. Il a dit : "Soldats, je suis content de vous. Lorsque vous rentrerez en France, mon peuple vous reverra avec joie et il vous suffira de dire : *J'étais à la bataille d'Austerlitz*, pour que l'on vous réponde : *Voilà un brave.*" Ce discours s'adressait aussi à toi, Jules, car tu t'es montré très courageux, fils. Ton père aurait été fier de toi… Signé : Lucien. »

Un vague sourire aux lèvres, Jules laisse tomber la lettre sur ses genoux. Lucien va beaucoup lui manquer.

– Regarde, dit Eugénie, il y a un mot au dos de la lettre !

Jules reprend la feuille et lit :

« P.-S. Au fait, j'allais oublier : je serai bientôt en permission. Je viendrai te donner une petite tape dans le dos, compte sur moi ! »

Cette fois, un vrai sourire s'affiche sur le visage de Jules…

La véritable histoire de Jules a été écrite par Estelle Vidard
et illustrée par Grégory Blot.
Direction d'ouvrage : Pascale Bouchié.
Maquette : Natacha Kotlarevsky.
Texte des pages documentaires : Estelle Vidard et Pascale Bouchié.
Illustrations : pages 6, 14, 27, 35, 42 : Nancy Peña ; pages 16-17 : Marie Thoisy ;
pages 24-25 : Olivier Nadel ; pages 32-33 : Matthew Broersma.

La collection « Les romans Images Doc »
a été conçue en partenariat avec le magazine *Images Doc*.
Ce mensuel est édité par Bayard Jeunesse.

Retrouve les collections
DOC en librairie !

Les romans Images Doc

Des histoires pour raconter l'Histoire

Les encyclopédies Images Doc

Pour découvrir l'Histoire et ceux qui l'ont faite

Les Images Doc « Passion »

Des voyages passionnants au cœur de l'Histoire

•• bayard

Le magazine de la découverte
qui stimule la curiosité !

DANS LA MÊME COLLECTiON

La véritable histoire de Titus,
le jeune Romain gracié par l'empereur

....

La véritable histoire de Myriam,
enfant juive pendant la Seconde Guerre mondiale

....

La véritable histoire de Paulin,
le petit paysan qui rêvait d'être chevalier

....

La véritable histoire de Neferet,
la petite Égyptienne qui sauva le trésor du pharaon

....

La véritable histoire de Pierrot,
serviteur à la cour de Louis XIV

....

La véritable histoire de Louise,
petite ouvrière dans une mine de charbon

....

La véritable histoire de Yéga,
l'enfant de la préhistoire qui aimait les chevaux

....

La véritable histoire de Timée,
qui rêvait de gagner aux jeux Olympiques

....

La véritable histoire de Thordis,
la petite Viking qui partit à la découverte de l'Amérique